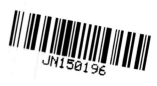

カナリア

声を出せないぼくは、鳴かなくなったカナリアのように自らを捨てようと思った
でもカナリアは、周りのひとにかわいそうと言われた
ぼくはかわいそうですか
ぼくの気持ち
ぼくのからだ
全部ひとまかせ
それが現実
カナリアのように、ぼくは捨てられずにここに生きることになった
象牙の舟も銀の櫂もないけど
あたたかい親の心と先生の希望の布団の上で、生き抜くしかないな
ひとのやさしさはときには残酷です

〈1〉

階段

ぼくは階段を上ったことがありません
いちだんずつ上る時の気持ちを感じたこともありません
上りきった時のくるしさや終わったという達成感も味わったことがないんだよね
階段を駆け上るように生き抜ける爽快感ってどんなだろうか
ぼくはそれさえもこの身に感じたことがない
それがくやしいかと言えば、くやしいさ
でも、らくな生き方をしてきたとは思えないんだよね
まるで下りのエスカレーターを無理して上ってきたような、ぼくの生き方でした
からだの不自由に逆らい弱い気持ちをふせて、つよがりをしてみせる
逆らったらまっさかさまにころがり落ちそうな自分がこわい
誰か後ろから支えてよ、と叫びたい時もあります

〈2〉

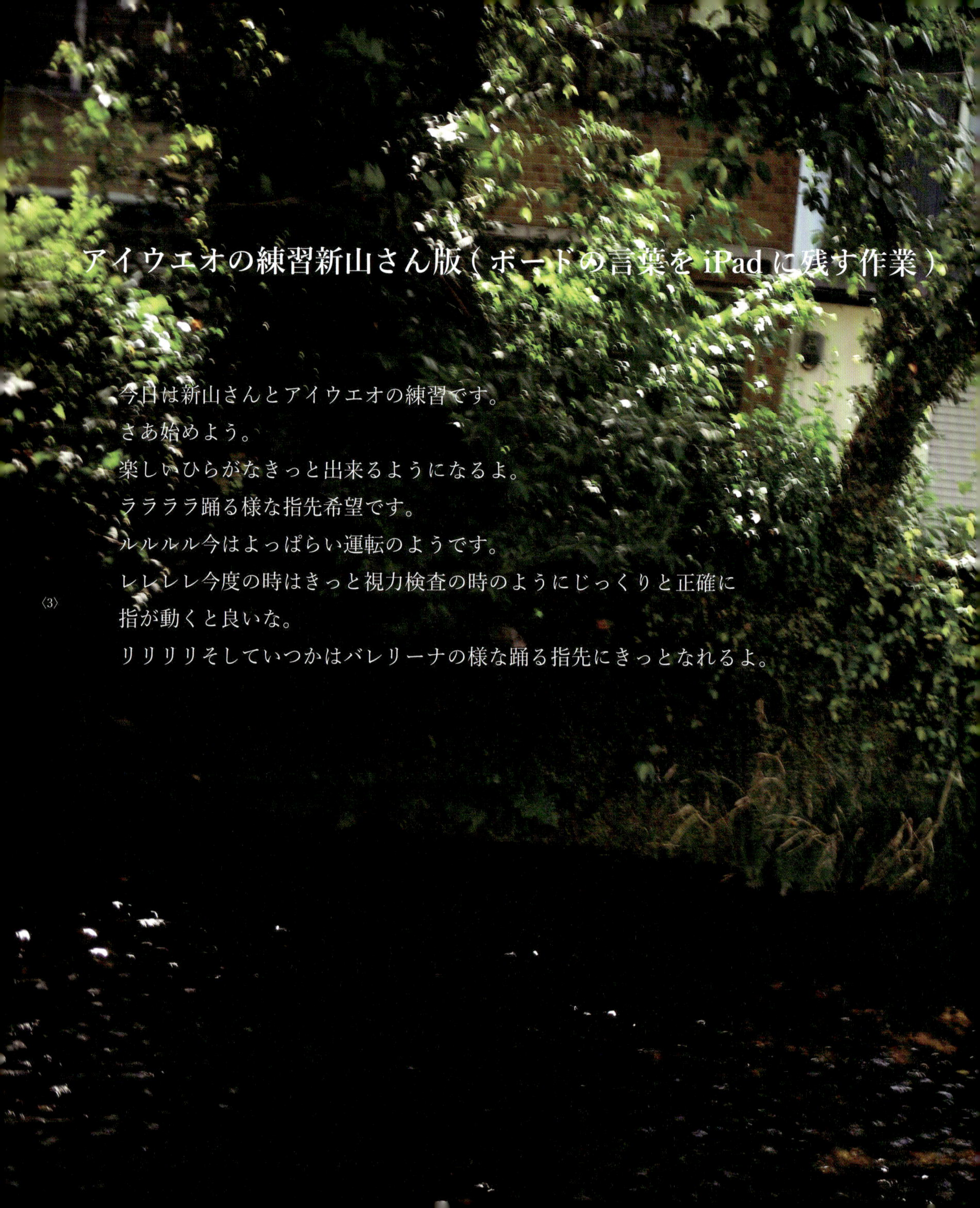

アイウエオの練習新山さん版（ボードの言葉をiPadに残す作業）

今日は新山さんとアイウエオの練習です。
さあ始めよう。
楽しいひらがなきっと出来るようになるよ。
ラララララ踊る様な指先希望です。
ルルルル今はよっぱらい運転のようです。
レレレレ今度の時はきっと視力検査の時のようにじっくりと正確に
指が動くと良いな。
リリリリそしていつかはバレリーナの様な踊る指先にきっとなれるよ。

ひだ

人の心はひとつにおちつかない
僕のこころは面の重なりあいでできてくる
人によって、場面によって、悪い心もやさしい心も全て面になり、
僕の意思とは無関係に面が動きだす
その面が出たところが、ぼくのその時の気持ちになる
死にたいと願うときもある
でも後ろを向くと泣く人たちがいた
そうすると生きてやるか、というやさしい面が後ろの人にみえるように動きだす
人間はひとつの根底ばかりでなく、様々な面によってうまく立ち回るのさ
僕はそれが、人間らしく生きること、と思うよ

〈5〉

ボクの今日はいつもと同じ

人に頼り
人に任せ

自分の意思は何処へいく

あまりに当たり前のように
全てが人まかせの朝が過ぎる

ボクのやりたい事は何だったのだろう

時々、自分が何を望んでいたのかさえ分からなくなる

当たり前のボクの現実
当たり前のボクの希望

やりたいこと、やれることを見つける

それが人になる条件なのさ

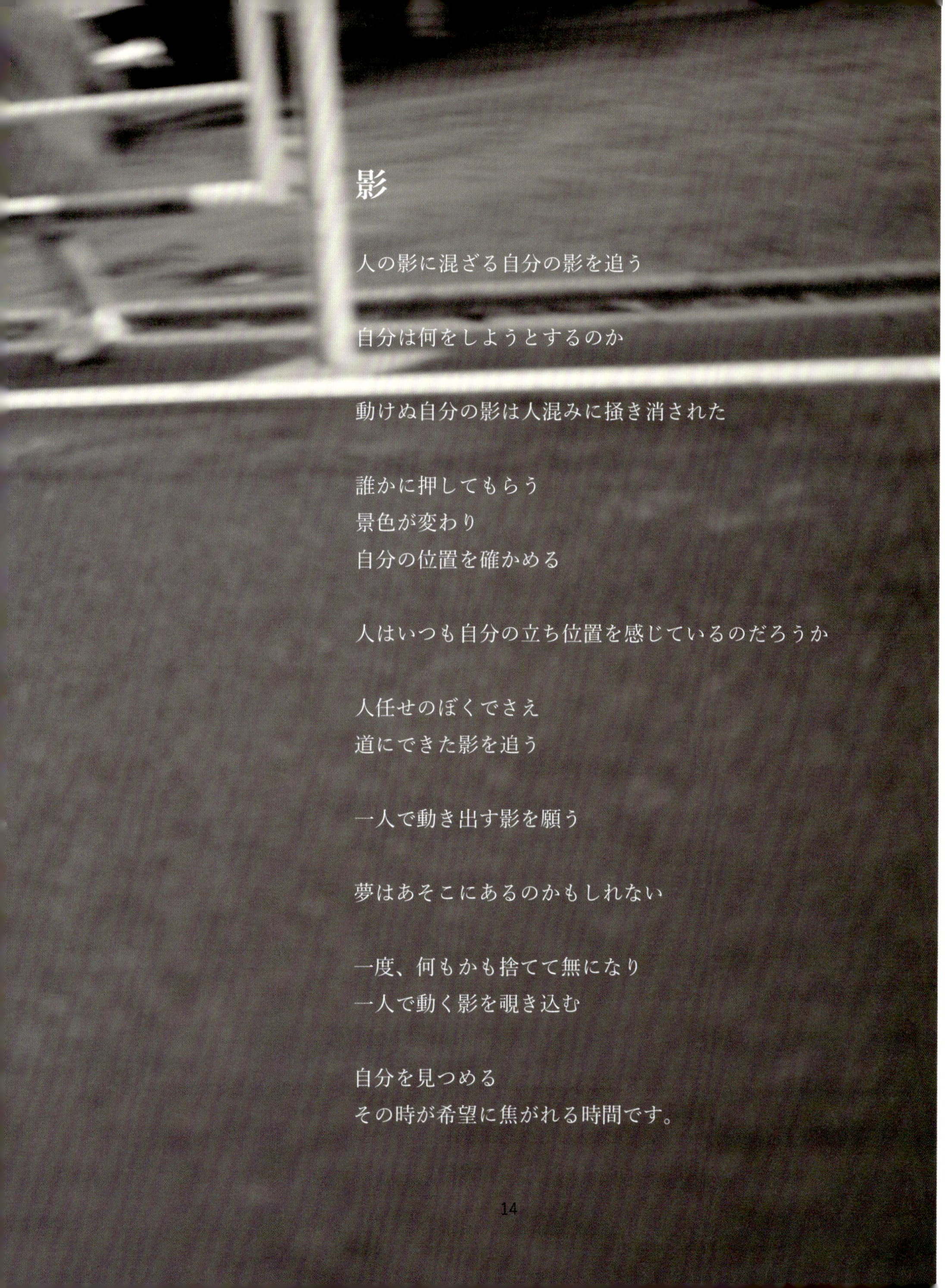

影

人の影に混ざる自分の影を追う

自分は何をしようとするのか

動けぬ自分の影は人混みに掻き消された

誰かに押してもらう
景色が変わり
自分の位置を確かめる

人はいつも自分の立ち位置を感じているのだろうか 〈6〉

人任せのぼくでさえ
道にできた影を追う

一人で動き出す影を願う

夢はあそこにあるのかもしれない

一度、何もかも捨てて無になり
一人で動く影を覗き込む

自分を見つめる
その時が希望に焦がれる時間です。

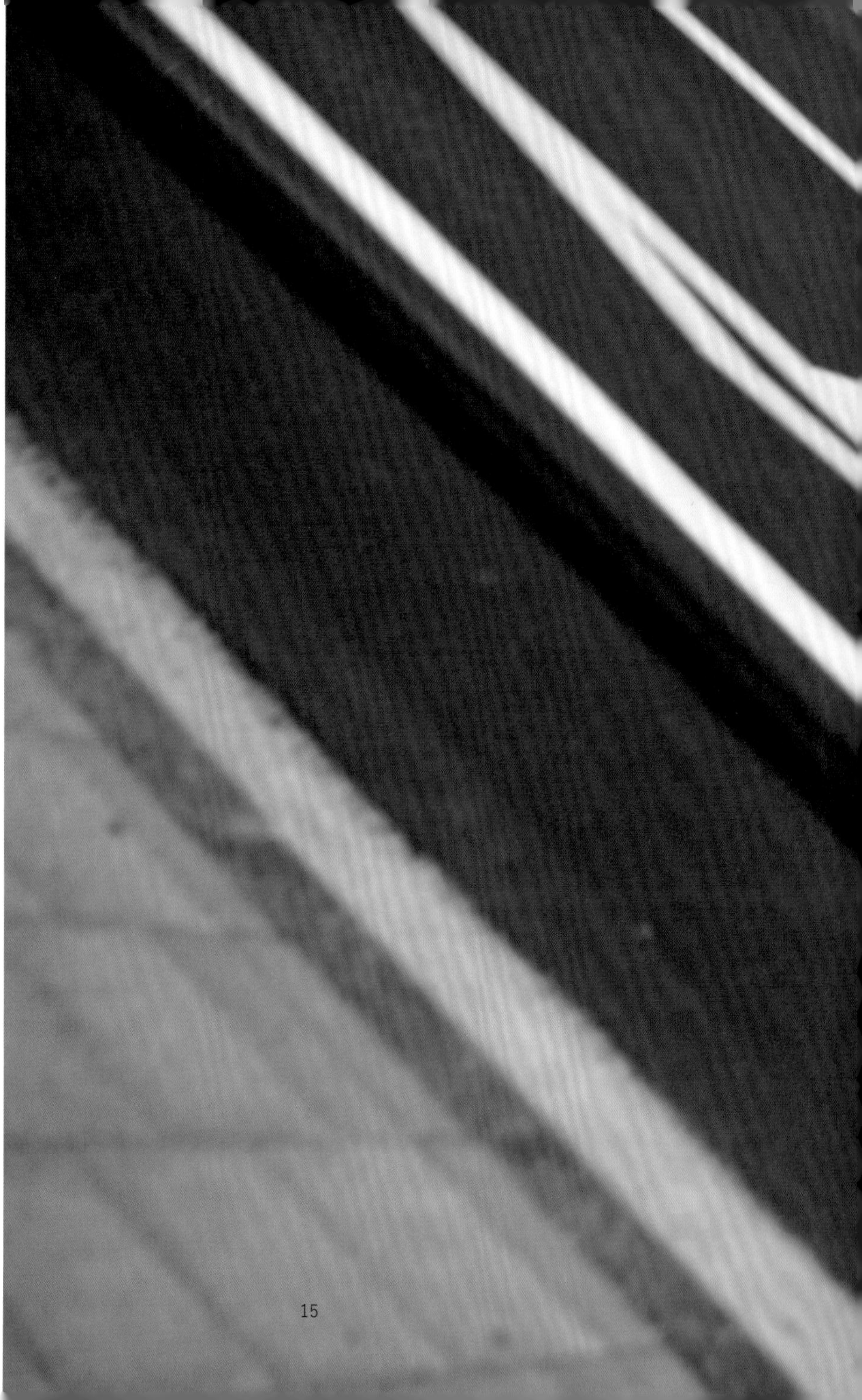

雨と虹

何だか今日も雨
僕は一人で部屋に取り残された
「母さん」と叫んでみたつもりでも買い物かな？
シーンとした部屋に雨の音が耳にさわる
僕の不安と寂しさを雨の音が誘ってくる
エアコンの音だけが家の中で聞こえてくる
本当に僕は一人ぼっちだ

窓の外を見ると、庭のしだれもみじの葉が雨に打たれてはゆらゆらと動いていた
じっと見つめていたら、僕はよけいに寂しくなっていく

母さんがドアの鍵を開けて、買い物袋のガサガサという音が聞こえてきた
「ただいま」とやけに明るい声が聞こえてくる
母さんの足音
すごく嬉しい！

ふっと外を見たら雨も止んでいた
「虹だよ」という母さんの声とともに僕は抱き上げられ外を見せられた
何だかさっきまでの孤独と悔しさが全部虹色の幸せに変わっていった
僕の幸せってこんなもんです

春の声

友達の優しい声でいつもきがつく！
「元気」「大丈夫？」「またね！」「バイバイ」とみんなの優しい声が
僕にはビタミン剤
いつも通るこの道に僕は幸せのかけらを探している
たとえ、春の光りが僕たちを拒んでも友達のクチャクチャの笑顔が僕の最高のビタミン剤
僕の心の隙間を埋めてくれる君の声を聞きたい
僕の声も聞いてください
たくさんの桜の花びらにのせて僕達の声がみんなの（社会の）深い心の中に積もっていけたらいいね
〈8〉 僕は声が出ないけど僕の気持ちもみんなのビタミン剤になれるかな？
空を見上げてキラキラ光る桜の花びらを拾おうと思う
なのに僕の手は動かない
だけど友達のように僕の膝の上に花びらが落ちてくる
顔の上にも落ちてくる
掌の中に落ちてきた花びらを心の中でギュッと握って「ありがとう」とささやく
いつも通るこの道は僕に生きる勇気を教えてくれる

〈9〉 おれって言葉は一度も使ったことがないけど、それさえも自分を着飾らせていたような気分です

著者

太田 純平

1990 年 11 月 28 日生まれ。
町田市第六小学校やまばと学級卒業。
町田養護学校高等部卒業。今は通所をしながら、もの書きをしています。
著書
『ねてもさめても中年キラー』（合同会社 D の 3 行目、2019）

※ 作品〈5〉〈6〉は本書のための書き下ろし。

書名：　僕の心の隙間を埋めてくれる君の声を聞きたい

発行日：　2019 年 11 月 28 日　第一刷発行

著者：　太田純平

写真：　名嘉雄樹

編集：　D の 3 行目

発行：　合同会社 D の 3 行目
連絡先：〒 101 － 0048 東京都千代田区神田司町 2-19 司 3331 303
TEL：03 － 5577 － 7883
URL：http://dno3.co.jp

定価はカバーに表示してあります。

ISBN978-4-909328-38-0 C0092
乱丁・落丁本はお取り替えいたします。